RETROUVEZ FUTÉKATI
DANS LA BIBLIOTHÈQUE ROSE

Béatrice Nicodème
Les énigmes de Futékati

Le secret
de Futékati

Illustrations de François San Millan

HACHETTE

J'ai 7 ans et je m'appelle Futékati. Tu trouves que c'est un drôle de prénom ? C'est papa qui l'a choisi, et papa est japonais. Il paraît que je lui ressemble : j'ai les yeux et les cheveux noirs comme la nuit.

J'ai un grand frère : Niko.
En réalité il s'appelle Nicolas,
mais je l'appelle Niko parce
que c'est plus rigolo. Lui, il
ressemble à maman : il a des
lunettes et les cheveux tout
bouclés.

Maman est professeur de chant. Elle a la plus belle voix du monde. En tout cas, c'est ce que dit papa.

Papa, lui, est docteur, un docteur pas comme les autres : il soigne les malades en leur enfonçant des petites aiguilles un peu partout. C'est bizarre, non? Mais il paraît que ça ne fait pas mal du tout.

Et puis, on a un chat. On l'a appelé Jokari parce qu'il court aussi vite qu'une balle de jokari!

1

L'orgueilleux Monsieur Tralalère

Aujourd'hui est un jour très important pour maman : c'est celui de son spectacle.

Maman est professeur de chant. Une fois par an, elle organise une fête. Elle loue une salle avec un piano et une ribambelle de chaises pour les spectateurs. Tous ses élèves chantent, et ensuite on boit du jus de fruits en mangeant des petits gâteaux.

En général, le jour du spectacle, maman tourne en rond dans l'appartement sans rien dire, et au déjeuner elle mange deux feuilles de salade et trois miettes de pain. Quand j'étais petite, cela m'impressionnait beaucoup : je croyais qu'elle était malade. Mais maintenant je sais pourquoi elle est comme ça : elle a le trac !

« Ce n'est pourtant pas toi

qui vas chanter ! lui dit papa.

— Oui, mais si mes élèves chantent faux, on pensera que je suis un mauvais professeur ! »

Tiens ! ça me donne une idée : la prochaine fois que j'aurai zéro en grammaire, je dirai à maman que la maîtresse a mal expliqué. On verra si ça marche !

Ce matin, maman a encore plus le trac que d'habitude. Je suis en train de terminer mon bol de céréales lorsqu'elle entre dans la cuisine, l'air terriblement fatigué.

« Il fait si chaud depuis hier que j'ai passé une nuit blanche, soupire-t-elle. Et puis j'avais des idées noires ! Je suis verte de peur... »

Des idées noires ? Verte de peur ? Les adultes ont parfois une drôle de façon de parler ! Je regarde bien la tête de maman... Elle est de la même couleur que d'habitude.

J'essaie de l'encourager :

« Tu dis ça avant chaque spectacle et ça se passe toujours très bien !

— Oui, mais cette fois ce n'est pas pareil. J'ai monté un vrai petit opéra et un de mes élèves ne sait pas du tout son rôle. Alors, bien sûr, tout le monde se trompe à cause de lui. Hier, quand on a répété ici, il a chanté tellement faux que Jokari s'est enfui par le balcon jusque sur le toit ! Si c'est comme ça

aujourd'hui, tout va être raté !

— Je crois que j'ai deviné, maman ! Cet élève, c'est Monsieur Tralalère, hein ?

— Tout juste ! Tu ne le répéteras à personne, mais je ne peux pas le supporter, ce Tralalère !

— Tu n'as qu'à le renvoyer !

— Ce n'est pas si facile ! En tout cas, si le spectacle est raté par sa faute, je ne veux plus de lui comme élève. Je le lui ai dit, d'ailleurs... Il était rouge de colère ! Il est tellement fier de sa voix ! »

Ça, on peut le dire ! Je le

connais bien, moi, Monsieur Tralalère. Il habite juste à côté de chez nous.

Il est très grand, très gros, et il se dandine comme un dindon.

Quand il arrive à la boulangerie, il passe devant tout le monde sans s'excuser.

Un jour, au cinéma, il était assis juste derrière moi. Il parlait sans arrêt à sa voisine, à tue-tête, en lui racontant à l'avance ce qui allait apparaître sur l'écran.

Le lundi soir, lorsque maman lui donne sa leçon de chant, Niko et moi on écoute

derrière la porte parce qu'on trouve ça trop rigolo : au bout de cinq minutes, il montre à maman comment s'y prendre pour bien chanter !

L'heure du déjeuner arrive, et maman a toujours l'air aussi inquiet.

« De toute façon, soupire-t-elle, je sens que ça va être une catastrophe.

— Pourquoi ? demande papa.

— Parce que quand il fait lourd comme aujourd'hui, on est fatigué et énervé... Alors, forcément, on chante mal... Si seulement l'orage éclatait, ça irait beaucoup mieux ! »

C'est vrai qu'il fait très chaud. Mais les jours de spectacle, de toute manière, maman n'est jamais contente. Si l'orage éclate, elle dira qu'on ne peut pas chanter correctement quand il pleut !

On est justement en train de terminer la tarte aux fraises, papa, Niko et moi (maman, elle, ne peut rien avaler), lorsqu'un terrible coup de tonnerre éclate dans le ciel.

« Eh bien, le voilà, ton orage ! dit papa d'un air malicieux.

— Tu vois ! renchérit Niko. Tout le monde va bien chanter, même Monsieur Tralalère ! »

Maman hausse les épaules. En la regardant bien, je me demande tout de même si elle n'est pas un peu verte...

Moi aussi, d'ailleurs, je dois être verte, parce que j'ai très très peur de l'orage. Je serais capable de monter en haut de l'échelle des pompiers pour récupérer Jokari dans un arbre, mais lorsque j'entends le tonnerre gronder, je suis terrifiée.

Et aujourd'hui, c'est l'orage le plus impressionnant que

j'aie jamais vu ! Les éclairs et le tonnerre se courent après à toute vitesse. Un vrai feu d'artifice !

Qu'est-ce qu'il a, Niko, à me regarder en riant ? Il s'imagine peut-être que je vais me mettre à pleurer ? Il peut toujours attendre !

D'un ton fier, je déclare :

« C'est moi qui vais préparer le café ! »

Et je cours à la cuisine en me bouchant les oreilles.

Tout en versant l'eau dans la cafetière électrique, je parle à Myosotis, mon amie imaginaire. Elle n'a pas peur de l'orage, elle ! Je lui dis :

« C'est un petit orage de rien du tout, hein, Myosotis ? On ne risque rien, ici... Hein ? »

Mais la pauvre Myosotis n'a pas le temps de me rassurer. Tout à coup, une lumière bleue envahit toute la cuisine et, au même moment, un vacarme épouvantable résonne dans le ciel. Je fonce dans la salle à manger. Les mains sur les oreilles, toujours.

« La foudre a dû tomber tout près d'ici ! s'exclame papa... Alors, Futékati, il se prépare, ce café ?

— Oui, oui...

— Tu parles ! s'écrie Niko. Elle avait tellement peur qu'elle a dû mettre du poivre à la place du café !

— Arrête donc de taquiner ta sœur ! » proteste maman en se levant.

Trois secondes plus tard, elle revient de la cuisine.

« Futékati avait bien mis du café, dit-elle. Mais on peut toujours attendre... Il n'y a plus de courant ! J'ai regardé dans la rue : les feux tricolores sont tous éteints. L'électricité a dû sauter lorsque la foudre est tombée ! Ça ne m'arrange pas du tout ! Je voulais me laver les cheveux et ils vont mettre au moins une heure à sécher !... Bon !... Qu'est-ce que c'est, encore ? »

Le téléphone vient de sonner. Maman se précipite dans le bureau.

« C'est malin de nous appeler maintenant ! dit Niko. Tout le monde sait que c'est dangereux de téléphoner pendant un orage !

— Il a l'air de s'éloigner, répond papa. Et puis c'est peut-être un malade qui demande que je passe le voir ? »

Mais il se trompe.

« C'était Monsieur Tralalère,

explique maman en revenant à table. Il ne participera pas au spectacle !

— Bon débarras ! s'écrie Niko. On aura plus de petits gâteaux !

— C'est une catastrophe, se lamente maman... On ne peut

pas chanter un opéra avec un personnage en moins !

— Et qu'est-ce qu'il a, ce cher Monsieur Tralalère ? demande Niko. Une extinction de voix ? »

Cette fois, je vais pouvoir prendre ma revanche pour le « café au poivre » !

« Tu dis n'importe quoi, mon pauvre Niko ! Si Monsieur Tralalère avait une extinction de voix, il n'aurait pas pu téléphoner !

— Il y a une grosse fuite d'eau dans sa cuisine, explique maman. Il ne peut pas sortir : il faut qu'il reste chez lui en attendant le plombier.

— Pauvre Monsieur Tra-
lalère ! s'esclaffe papa.

— Oh, il n'a pas l'air désolé
du tout ! réplique maman. Il
m'a raconté qu'il épongeait
en regardant tranquillement la
télévision ! D'après ce que j'ai

entendu dans le téléphone, c'était un western ! »

Maintenant que l'orage s'est éloigné, je suis à nouveau en pleine forme. Et en réfléchissant à ce que vient de dire maman, je remarque quelque chose d'anormal.

« Tu as bien dit, maman, que, si le spectacle était raté à cause de Monsieur Tralalère, tu ne le garderais pas comme élève ?

— Oui, et alors ?

— Et tu crois à son histoire d'inondation ? »

Maman me regarde d'un air un peu éberlué.

« Ça m'étonnerait qu'il ait

menti... Il avait bien trop envie de se faire applaudir au spectacle !

— Oui, mais comme il ne sait pas son rôle, il était sûr que tout serait raté à cause de lui et que tu ne le garderais pas comme élève. Il est tellement orgueilleux que ça l'aurait rendu malade... Alors il a inventé une fuite d'eau !

— Qu'est-ce qui te fait croire ça ? »

Et toi, tu sais comment j'ai deviné que Monsieur Tralalère a menti ?

Monsieur Tralalère n'est pas chez lui, en train d'éponger l'eau qui coule ! Il est ailleurs, dans un endroit où il y a de l'électricité, puisqu'il regarde la télévision !

Monsieur Tralalère habite dans la même rue que nous, tu t'en souviens ? Et, dans notre rue, la foudre a coupé le courant : la cafetière et les feux tricolores ne fonctionnent pas !

2

Madame Couci-Couça
a des ennuis

Ce matin, je me suis réveillée
très tôt. Je suis excitée comme
une puce parce qu'aujour'hui,
c'est l'anniversaire de Pauline.
On va se déguiser et il y aura
une tombola ! Je saute de mon
lit sans perdre une seconde.

Mais tout à coup la chambre se met à tourner, à tourner de plus en plus vite... tellement vite que je me retrouve par terre !

« Qu'est-ce qui t'arrive, Futékati ? » s'écrie maman depuis la salle de bains.

Elle se précipite vers moi, suivie de papa, et tous les deux m'aident à me relever.

Papa me demande d'ouvrir la bouche et de rouler les yeux dans tous les sens. Il appuie ensuite sur mon ventre et me fait si mal que je pousse un cri de douleur.

« Une indigestion ! déclare-

t-il. C'est la mousse au chocolat d'hier soir... Tu vas rester
au lit toute la journée et tu
boiras des tisanes. »

Alors là, je me sens encore
plus mal. Rester au lit et boire
des tisanes le jour de l'anniversaire de Pauline ? Pas
question !

L'ennui avec papa, c'est qu'il
est impossible de discuter : il
est docteur !

« Je dois absolument sortir
ce matin, me dit maman.
Essaie de dormir un peu, ça te
fera du bien ! »

Maman me connaît mal...
Dormir un mercredi matin

alors qu'il y a des dessins animés à la télévision !

Dès qu'elle a refermé la porte de l'appartement, je me lève tout doucement. Cette fois, la chambre ne tourne plus... Je suis sûrement guérie ! Vite, au salon...

Zut !... Où est passée la télé-commande ? Elle n'est pas sur la table basse... Elle n'est pas sur le canapé...

« Aide-moi à la trouver, Jokari ! »

Mais Jokari se roule en boule sur son coussin et il ferme les yeux en soupirant. Peut-être qu'il a une indigestion, lui aussi ?

« Niko ! Où est la télécommande ? »

Personne ne répond. Niko doit être parti jouer au basket avec ses copains.

Bon, pour la télévision, c'est raté ! Qu'est-ce que je pourrais

bien faire ? Observer ce qui se passe dans la rue ? C'est l'occupation préférée de Jokari, quand il ne dort pas.

Finalement, c'est assez amusant de regarder par la fenêtre ! Les gens n'arrêtent pas d'entrer et de sortir de l'immeuble, un peu comme au théâtre.

D'abord, c'est la dame du quatrième, celle qui rit tout le temps. Elle va promener Cumulus, son petit chien blanc qui ressemble à un nuage.

Elle a à peine disparu au coin de la rue qu'un homme

au crâne chauve comme un caillou pénètre dans l'immeuble. Il a la même sacoche que papa et de grosses lunettes. Je suis sûre que c'est un docteur ! Il doit venir voir la famille du deuxième étage. Ils sont sept enfants et il y en a toujours un qui est malade. Je me demande vraiment pourquoi ils n'ont pas appelé papa, comme les autres fois...

Ah ! Voilà le facteur. Aujourd'hui, c'est celui que j'aime bien, le blond qui plaisante tout le temps. Juste après lui, arrive un livreur de fleurs... Il va certainement aller chez Madame Diamant, l'actrice du premier étage : elle reçoit des fleurs presque tous les jours ! Le bouquet est tellement gros que le livreur disparaît derrière. On voit juste deux jambes de pantalon blanc et une paire de bottes rouges.

Quelques minutes plus tard, le facteur s'en va en sifflotant, puis le pantalon blanc et les bottes rouges ressortent. Sans les fleurs.

Mais ensuite il ne se passe plus rien pendant un très long moment. Je commence à en avoir assez de rester plantée

devant la fenêtre... Et Jokari
qui dort toujours... Si seulement je pouvais retrouver la
télécommande ! J'ai beau cher-
cher sous les meubles et retour-
ner tous les coussins, pas moyen
de mettre la main dessus...

Tout à coup, j'entends quelqu'un parler très fort, tout

près, avec une voix pointue comme celles des dessins animés ! Est-ce que la télévision s'est mise en marche toute seule ? Non, impossible ! D'ailleurs, la voix a plutôt l'air de venir de ma chambre.

Mais... ça veut dire que quelqu'un est entré dans l'appartement !

Le cœur battant, je me glisse sur la pointe des pieds dans le couloir et je risque une tête dans ma chambre... Personne ! Pourtant, la voix continue de jacasser...

C'est drôle, on dirait qu'elle vient du mur. Un mur qui

parle ? Ça n'existe que dans les contes ! Non, en fait, la voix vient de derrière le mur, c'est-à-dire de l'appartement d'à côté, celui de Madame Couci-Couça.

Elle doit être en train de regarder la télévision. J'ai une idée : pour en profiter moi aussi, je vais passer sur son balcon !

Comme nos deux balcons se touchent, ça ne devrait pas être trop difficile. Il suffit d'enjamber la petite grille qui les sépare.

Il suffit... Facile à dire ! Moi qui avais déjà mal au cœur, si je jette un œil vers le bas, je suis sûre que tout l'immeuble va se mettre à tourner, comme ma chambre tout à l'heure...

J'y suis arrivée ! Pourvu que Madame Couci-Couça ne me voie pas !
Mais elle ne regarde pas du tout vers moi... et elle ne

regarde pas non plus la télévision ! De toute manière le téléviseur n'est même pas allumé. Madame Couci-Couça doit juste écouter la radio. Et... quelle horreur ! Ce que je vois est incroyable : elle est ligotée à son fauteuil, avec un mouchoir sur la bouche !

Qui a pu lui faire ça ? Un cambrioleur ?

J'irais bien la délivrer, mais impossible d'ouvrir la porte-fenêtre. Elle est fermée de l'intérieur...

Vite, il faut prévenir la police !

J'escalade de nouveau la grille

pour rentrer à la maison et je cours vers le téléphone. J'appuie sur le 1 puis sur le 7. 17, c'est le numéro de la police...

Je raconte tout au monsieur qui décroche. Je lui indique l'adresse de l'immeuble, mon nom, celui de... Zut ! C'est comment, le vrai nom de Madame Couci-Couça ?... Tant pis, j'explique que c'est au troisième étage à gauche.

Et je retourne vite dans mon lit, avec le cœur qui bat à toute vitesse. Papa pourra dire ce qu'il voudra, cette fois-ci ce n'est pas à cause de la mousse au chocolat !

Quand la police enfonce la porte de Madame Couci-Couça, ça fait un bruit de tonnerre. Jokari se réfugie dans mon lit en miaulant aussi fort que s'il avait vu un tigre !

Il miaule encore plus fort quand on sonne à notre porte... Et si c'était le cambrioleur qui revenait ?

Heureusement, maman arrive juste au même moment. Je l'entends ouvrir la porte et parler avec un monsieur. Un des policiers, sans doute. Pourvu qu'il ne lui dise pas que c'est moi qui ai appelé !

Je saute de mon lit et je me

faufile dans le couloir...
Maman est sur le palier avec
un policier.

« La pauvre femme est toute
retournée, raconte-t-il. Le type
qui l'a attaquée a emporté les
billets de banque qu'elle gar-
dait dans une boîte à gâteaux...

— C'est elle qui vous a pré-
venu ? » demande maman.

Ça y est, j'en étais sûre ! Le
policier va me dénoncer...

« Bien sûr que non, répond-
il, puisqu'elle était attachée !
Par chance, elle a réussi à
atteindre le bouton de son
poste de radio avec son pied.
Dès que l'homme est parti,

elle a mis le son au maximum pour attirer l'attention... Votre fille a entendu et...

— Ma fille ? s'exclame maman en se retournant. Ah, tu es là, Futékati ! J'aimerais bien que tu me dises comment tu as découvert ce qui était arrivé à Madame Couci-Couça ! »

Quand maman saura que j'ai fait de l'escalade au lieu de rester dans mon lit, ça va être ma fête !...

Heureusement, le policier reprend aussitôt sans me laisser le temps de répondre :

« L'ennui, c'est que la vieille

dame n'a pas de très bons yeux... Elle n'a pas pu me dire à quoi ressemblait le voleur... »

Je m'écrie alors :

« Moi, je l'ai vu ! Et je vais vous dire à quoi il ressemble... »

Et toi, tu serais capable de décrire le voleur ?

Il est chauve comme un caillou et il porte de grosses lunettes. C'est **le monsieur** que j'avais pris pour un médecin.

Madame Couci-Couça a monté le son de sa radio dès que le voleur est sorti de son appartement. Le voleur ne peut donc être ni le facteur ni le livreur de fleurs, car je les ai vus quitter l'immeuble longtemps avant d'entendre la radio de Madame Couci-Couça. Le chauve à lunettes, lui, a dû partir au moment où je cherchais la télécommande sous les meubles...

3

Le secret de Futékati

Jokari a une fiancée. Elle s'appelle Biscotte. C'est la chatte de Madame Diamant, la dame du premier étage.

Depuis quelque temps, Biscotte est très grosse. Elle somnole toute la journée, allongée contre le radiateur.

Chaque fois que je pioche un bonbon, Niko me dit :

« Si tu en manges trop, tu vas devenir aussi grosse que Biscotte et tu ne pourras plus bouger ! »

Moi, je lui ris au nez. Ce n'est pas parce qu'elle mange trop que Biscotte a un gros ventre. C'est parce qu'elle attend des petits chats ! Et je suis certaine que c'est Jokari le papa...

Madame Diamant a proposé de nous donner un des bébés. Papa veut bien, mais maman n'est pas d'accord. Elle prétend qu'on a assez de Jokari à la maison, et que si les bébés lui ressemblent, ils feront plein de bêtises...

Moi, j'ai quand même accepté de prendre un des chatons. Je le donnerai à Rémi pour son anniversaire. Rémi, c'est mon amoureux et il adore les chats.

Je veux absolument lui faire une surprise ! Le jour de son anniversaire, j'arriverai à l'école avec le petit chat dans mon cartable, et je le glisserai dans le sien sans qu'il me voie.

Je ne vais en parler à personne. Sauf à Pauline, bien entendu, parce que c'est ma meilleure amie. La fois où je lui ai confié que j'étais amoureuse de Rémi, elle ne l'a répété à personne. Je suis sûre qu'elle ne dira rien, pour le petit chat.

Je lui révélerai mon secret quand on sera juste toutes les

deux, sans une oreille curieuse pour nous écouter.

Aujourd'hui, Pauline est enrhumée et pendant la récréation, elle doit rester au chaud dans la classe. C'est le moment ou jamais de lui confier mon secret !

Quand la cloche sonne, je sors avec les autres dans la cour. Mais dès que Mademoiselle Paprika a le dos tourné, je me faufile à nouveau dans la classe. Pauline est assise à son bureau, avec le nez rouge et de petits yeux, en train de se moucher et de tousser.

« Ce que... atchoum !... je

m'ennuie ! se plaint-elle.

— C'est pour ça que je suis venue ! Pour te tenir compagnie... Et puis j'ai un secret à te confier. »

Les yeux de Pauline se mettent à briller comme des diamants.

« Un secret ?

— Oui ! Un secret très "confidentiel" ! Tu dois me jurer de ne le révéler à personne !

— Évidemment, puisque c'est un secret !

— Voilà... Une de nos voisines va bientôt avoir des bébés chats. Elle m'en donnera un et je l'offrirai à Rémi pour son anniversaire !

— Le veinard ! s'exclame Pauline. Moi, mes parents ne veulent pas d'animaux à la maison... Il s'appellera comment ?

— Ça, je ne sais pas ! C'est Rémi qui choisira. »

Tout à coup, Pauline met un doigt sur sa bouche.

« Chut ! dit-elle. J'ai entendu un bruit... »

Sur la pointe des pieds, nous avançons toutes les deux vers la porte qui est restée entrouverte. Je la tire doucement, tout doucement et je regarde dans le couloir...

Personne ! Mais j'entends claquer la porte qui donne sur la cour. Je suis persuadée qu'il y avait quelqu'un dans le couloir, et que cette personne s'est enfuie quand j'approchais... Pourvu qu'elle n'ait pas entendu mon secret !

Après la récréation, on a un contrôle de grammaire.

Comme d'habitude, Mademoiselle Paprika a préparé des questions horriblement difficiles. Il y en a beaucoup trop ! Je n'y arriverai jamais !

Je demanderais bien à Pauline de m'aider, mais Mademoiselle Paprika nous surveille de près. La classe est tellement silencieuse qu'on pourrait entendre une mouche voler ! Sauf, bien sûr, quand Pauline éternue.

« Pas la peine de sucer ton stylo, Futékati ! lance Mademoiselle Paprika. Ça ne te donnera pas les réponses ! »

Évidemment, quand elle ramasse les cahiers, je n'ai répondu qu'à la moitié des questions...

Après le contrôle de grammaire, on passe tous dans la salle d'éducation physique. Sauf Pauline, bien sûr...

L'éducation physique, ça se termine toujours en chahut. Aujourd'hui, on profite de ce que Monsieur Scoubidou aide Élisabeth à grimper à la corde lisse pour aller raconter des histoires drôles derrière les tapis de sol.

« Vous êtes insupportables !

crie Monsieur Scoubidou en prenant sa voix d'ogre. Si vous ne vous calmez pas immédiatement, je ne vous emmènerai pas à la piscine ! »

Moi, les menaces de Monsieur Scoubidou, je n'y crois pas ! Je chuchote à l'oreille de Rémi :

« Il dit toujours ça, mais il aime trop la piscine pour nous en priver !

— Moi aussi, j'adore nager ! renchérit Rémi. Tu penses que Scoubidou m'autorisera à amener mon ch... ? »

Il s'arrête net et se mord les lèvres en me regardant en

coin. Mais c'est trop tard ! J'ai bien compris qu'il allait dire « mon chat » ! Ça alors ! Je suis furieuse ! Qui a parlé du petit chat à Rémi ?

Pauline, sûrement, puisque je n'ai confié mon secret qu'à elle !

Je n'arrive pas à le croire... Pauline, ma meilleure amie, m'avoir fait une chose pareille ! Ce n'est pas possible, c'est certainement quelqu'un d'autre... Peut-être la personne qu'on a entendue dans le couloir, pendant la récréation ? Il faut que j'enquête pour découvrir la vérité...

Pendant qu'on enlève nos joggings, je demande à Rémi :

« Qui t'a parlé du petit chat ? »

Rouge comme une tomate, Rémi bredouille :

« Quel... chat ?

— Oh, pas la peine de prendre l'air innocent !

— Ben... C'est Mic ! »

Mic m'aime bien. Il me dira sûrement qui lui a révélé mon secret. Je me glisse près de lui.

« Tu es au courant, Mic, pour mon cadeau ?

— Quel cadeau ?

— Le chaton que je vais offrir à Rémi...

— Ah oui ! Quentin m'a dit que... »

Je n'écoute même pas la fin de la phrase. Quentin ! Il va me le payer !

« Dis donc, Quentin, comment tu as su, pour le petit chat ?

— Par Célia, tiens ! »

Ah... Célia... Ça ne m'étonne pas d'elle ! Elle va m'entendre !

« Tu es au courant, Célia, pour le petit chat ? »

Célia bafouille :

« Bien… sûr, Pauline m'a tout raconté... J'espère qu'elle n'a pas fait une gaffe ? Ce n'était pas un secret, au moins ?

— Mais non, pourquoi veux-tu que ce soit un secret ? »

Je bouchonne mon jogging dans mon sac et je m'en vais sans même changer de chaussures. Je ne resterai pas une minute de plus ici. Pas question d'attendre Pauline pour rentrer à la maison ! Elle n'est plus mon amie !

Je reviens chez moi en marchant à toute vitesse. Je n'ai jamais été aussi en colère de ma vie.

Quand maman m'ouvre la porte, j'éclate en sanglots. Je ne suis plus du tout en colère, je suis très malheureuse.

« Que se passe-t-il, Futékati ? demande maman. Tu as eu une mauvaise note ? »

Une mauvaise note ? Maman ne s'imagine quand même pas que je pleurerais pour une mauvaise note ! Ce qui vient de m'arriver est beaucoup plus grave : ma meilleure amie a trahi mon secret !

Je raconte tout à maman. L'air surpris, elle cherche à comprendre :

« Tu es sûre que c'est Pauline qui a parlé du petit chat ? Moi, ça m'étonnerait ! »

Moi aussi, ça m'étonne. Ça m'étonne même tellement que

j'essaie de me souvenir de ce qui s'est passé ce matin. Et tout à coup je me rends compte que ça ne peut pas être Pauline la coupable.

Je crois même savoir qui c'est !

Toi aussi, tu sais pourquoi Pauline NE PEUT PAS avoir parlé du petit chat. Et tu as deviné qui est coupable !

Pauline n'est pas sortie en récréation : elle n'a donc parlé à personne à ce moment-là. Pendant le contrôle de grammaire non plus, car on aurait entendu une mouche voler... Et ensuite, pendant l'heure d'éducation physique, elle est encore restée dans la classe.

C'est **Célia** qui a trahi mon secret. Pendant la récréation, elle a écouté derrière la porte, et elle a tout raconté à Quentin, qui a raconté à Mic, qui a raconté à Rémi...

Elle a accusé Pauline en s'imaginant que j'allais la croire... Elle me prend vraiment pour une idiote, cette Célia !

4

Les Farfulettes

Niko a des mains de magicien. En pliant une feuille de papier, il fabrique des animaux. Avec des cartes à jouer, il est capable de construire un château fort. Et quand ma sonnette de vélo est enrouée, il la répare en un clin d'œil. Mais ça, c'est normal : c'est toujours lui qui la casse !

Aujourd'hui, il invente un appareil pour couper les gâteaux en parts égales, parce qu'il en a assez d'avoir toujours la plus petite. Enfin, c'est lui qui le dit !...

Papa, qui le regarde bricoler d'un air amusé, suggère :

« Tu devrais participer aux Farfulettes ! »

Les Farfulettes, c'est un concours d'inventions. Celui qui invente l'objet le plus original remporte un prix.

« Je ne gagnerai jamais ! » proteste Niko.

Il est comme ça, Niko. Avant même d'avoir essayé, il décide qu'il va rater. Moi, je trouve que c'est bête. Alors j'insiste :

« Et le truc que tu avais fabriqué pour Jokari ? Ça, c'était une idée pour les Farfulettes !

— C'était pas un TRUC ! rétorque Niko. C'était un distributeur pour chat ! Quand le chat s'assoit devant et miaule poliment, son écuelle se remplit de nourriture... Mais ce n'était pas tout à fait au point...

— Les Farfulettes n'ont lieu

que dans un mois, poursuit papa. Si je t'aide un peu, je suis persuadé que tu y arriveras ! »

Niko hausse les épaules. Mais je vois bien qu'il a les yeux brillants...

On est samedi, le premier jour des Farfulettes. Le concours se passe dans une salle de la mairie, au premier étage.

Le « distributeur pour chat » de Niko est très réussi. On a amené Jokari pour la démonstration. Il s'assied devant l'appareil, il miaule, et aussitôt une tranche de pâté tombe dans l'assiette ! Tout le monde applaudit.

Jokari, lui, pousse un grondement épouvantable. Une femme a marché sur sa queue. Et je suis sûre qu'elle l'a fait exprès !

Cette femme, c'est Mademoiselle Tentacule. Elle est maquillée comme une sorcière et ses ongles ressemblent à des griffes.

« Ce sont peut-être de faux ongles ! » plaisante papa.

Maman a beau lui faire signe de parler moins fort, je vois bien qu'elle a envie de rire.

« Et puis elle a des faux cils ! continue papa. Vous croyez que ses dents sont fausses, elles aussi ?

— En tout cas, son invention est très astucieuse ! réplique maman. Un piège à moustiques, c'est rudement utile ! »

Moi, je trouve que c'est une idée stupide. De toute façon, Mademoiselle Tentacule n'aura jamais besoin de se servir de son piège. Avec son air méchant, aucun moustique n'osera s'approcher d'elle !

« Viens voir l'invention de Monsieur Girouette ! » me dit Niko en me tirant par ma natte.

Monsieur Girouette est un vieux monsieur très timide. Quand on s'avance vers lui pour lui parler, il devient tout rouge et il s'enfuit à l'autre bout de la pièce.

Il a inventé des lunettes

pour lire le journal de son voisin sans avoir à tourner la tête. Niko trouve que c'est une idée de génie.

« Si j'avais des lunettes comme celles-là, je pourrais copier sans que les professeurs s'en aperçoivent ! »

Pas bête ! Mais moi, je préfère l'invention de Monsieur Diabolo.

C'est une machine à fabriquer des sucettes. On verse de la confiture dans un entonnoir, de l'eau dans un autre, et on appuie sur un bouton. La machine se met en marche avec un bruit de ferraille et,

au bout d'un quart d'heure, les sucettes tombent les unes après les autres dans des pochettes en papier doré.

Monsieur Diabolo doit manger des sucettes toute la journée, parce qu'il est aussi gros qu'un hippopotame ! En tout cas, il est très fier de son invention, et il en fabrique tout l'après-midi.

Maman, elle, reste très long-temps devant celle de Madame Pivoine. Ce sont des petites billes multicolores. On les met dans un vase de fleurs, et les fleurs changent de couleur. Avec certaines billes, on

obtient même des fleurs à
pois !

« C'est merveilleux ! dit
maman à Madame Pivoine.
Vous êtes une véritable fée ! »

Madame Pivoine rougit
jusqu'aux oreilles. Elle doit
être timide, comme Monsieur

Girouette... De toute manière, je la trouve très belle. Elle a les yeux verts comme du sirop de menthe et elle sourit tout le temps.

Durant le week-end, chaque visiteur doit déposer dans un chapeau un petit papier sur lequel il a noté son invention préférée.

« Qui va remporter le prix, à votre avis ? demande maman pendant le dîner.

— Niko, j'en suis sûr ! » répond papa.

Mais maman n'a pas l'air du tout convaincu.

« Je ne crois pas. Le directeur des Farfulettes a compté les petits papiers. Pour l'instant, le piège à moustiques arrive en tête. Madame Pivoine vient juste après, et ensuite c'est Niko. Monsieur Girouette et Monsieur Diabolo sont très loin derrière. »

Pourvu que ce ne soit pas Mademoiselle Tentacule qui gagne ! Une sorcière qui déteste les chats !

« Ça m'est égal de perdre, soupire Niko. À condition que ce soit Madame Pivoine qui remporte le prix ! »

Le dimanche, en général, on va se promener. Mais aujourd'hui Niko a insisté pour qu'on passe tout l'après-midi aux Farfulettes.

À deux heures, lorsqu'on arrive, la salle est déjà ouverte. Tous les inventeurs sont là. Mademoiselle Tentacule a l'air ennuyé, Monsieur Girouette tourne le dos à tout le monde, Monsieur Diabolo parle très fort et Madame Pivoine est en larmes.

« Il y a eu un vol ! nous explique-t-elle en sanglotant. Quelqu'un a grimpé le long du lierre pour entrer par la fenêtre et prendre mes billes ! »

Mademoiselle Tentacule lui tend un joli mouchoir rose. Finalement, elle est peut-être moins méchante qu'elle n'en a l'air, cette Tentacule ! D'ailleurs, aujourd'hui, elle n'a mis ni ses faux cils ni ses faux ongles. Elle ne ressemble

plus tellement à une sorcière.

Monsieur Diabolo, lui, a presque l'air content qu'on ait volé les billes pour colorer les fleurs. Tout en versant de la confiture dans son entonnoir, il me dit :

« De toute façon, Madame Pivoine n'aurait pas gagné ! Des fleurs à pois, c'est ridicule ! »

Quel mauvais caractère ! D'ailleurs, sa machine à sucettes ne me plaît plus du tout... Je lui réponds du tac au tac :

« Eh bien, moi, j'aime mieux les fleurs que les sucettes ! Et en plus, le voleur est sûrement un des concurrents. Il voulait empêcher Madame Pivoine de gagner ! »

Il est tellement surpris que je lui parle sur ce ton qu'il en renverse son pot de confitures !

Soudain, le directeur des Farfulettes réclame le silence.

« Puisqu'une des inventions a été volée cette nuit, nous ne pouvons continuer le concours... Hier, la plupart des gens ont préféré le piège à moustiques... C'est donc Mademoiselle Tentacule qui remporte le prix des Farfulettes ! »

Tout le monde applaudit, sauf moi. Je n'irai certainement pas féliciter Madame Tentacule ! Je suis tellement déçue que je vais bouder dans un coin de la pièce. Et je réfléchis...

À l'heure de la fermeture, je m'approche de l'organisateur du concours pour lui demander une précision :

« Après Mademoiselle Tentacule, c'est bien Madame Pivoine qui a eu le plus de voix ?

— Exactement, Futékati !

— Alors, si c'était Mademoiselle Tentacule qui avait volé les billes, Madame

Pivoine aurait remporté le prix ?

— Ça ne fait pas l'ombre d'un doute ! répond l'organisateur. Mais Mademoiselle Tentacule n'est pas une voleuse ! »

À mon avis, le directeur se trompe...

Tu devines pourquoi, bien sûr !

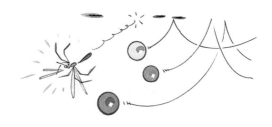

J'ai expliqué ça au directeur. Il
a réussi à faire avouer Mademoi-
selle Tentacule et Madame Pivoine
a remporté le prix des Farfulettes !

Monsieur Girouette et Monsieur Diabolo arrivaient très loin derrière Madame Pivoine et Niko. Même en volant les billes, ils n'auraient sans doute pas gagné ! Et puis Monsieur Girouette est un vieux monsieur, et Monsieur Diabolo est très gros. Je ne les vois pas très bien en train de grimper le long du mur !

Mademoiselle Tentacule, elle, avait très peur que Madame Pivoine prenne la première place... En plus, aujourd'hui, elle n'a plus ses ongles de sorcière. Je suis sûre qu'elle les a cassés en faisant des acrobaties pour entrer dans la salle par la fenêtre !

Table

Imprimé en France par *Partenaires-Livres* ®
N° dépôt légal : 9163 – janvier 2001
20.20.0180.03/8 ISBN : 2.01.200180.7

Loi n° 49-956 du 16 juillet 1949
sur les publications destinées à la jeunesse